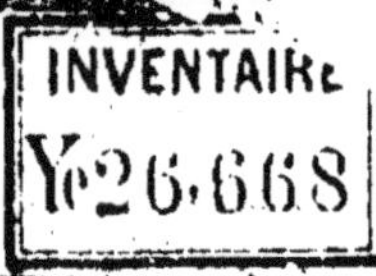

JEANNE D'ARC

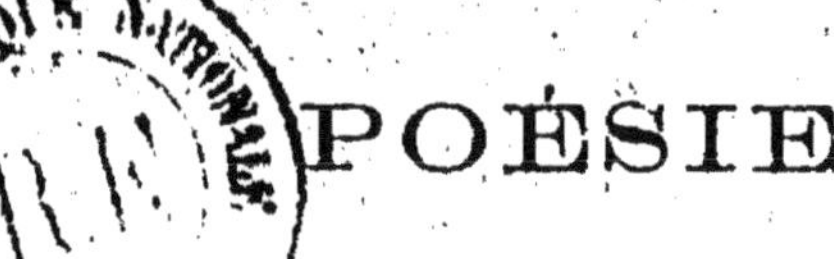

POÉSIE

D'APRÈS LA CHRONIQUE DE LA PUCELLE

PAR

A. LOMBARD

MEMBRE DE L'ACADÉMIE DE STANISLAS

NANCY
IMPRIMERIE BERGER-LEVRAULT ET Cie
11, RUE JEAN-LAMOUR, 11

1876

JEANNE D'ARC

POÉSIE

D'APRÈS LA CHRONIQUE DE LA PUCELLE

PAR

A. LOMBARD

MEMBRE DE L'ACADÉMIE DE STANISLAS

NANCY
IMPRIMERIE BERGER-LEVRAULT ET Cie
11, RUE JEAN-LAMOUR, 11

1876

(Extrait des *Mémoires de l'Académie de Stanislas* pour 1875.)

JEANNE D'ARC

PAR

A. LOMBARD

J'ai essayé de présenter, dans un cadre poétique peu étendu, les traits saillants du caractère et de la mission de Jeanne d'Arc, dont la mémoire aujourd'hui est plus chère que jamais aux cœurs lorrains. J'ai cherché à m'inspirer du sentiment de ces chroniques où son histoire est racontée si naturellement.

La simple villageoise « qui avait accoutumé aucunes fois de garder les bestes, et quand elle ne « les gardait, apprenait à coudre ou bien filait », a entendu des voix qui lui disaient de partir pour mettre fin aux malheurs du royaume de France. Elle part « sans prendre congé de père ou de mère, « non mie qu'elle ne les eust en grand honneur et « révérence, mais elle ne s'osait descouvrir à eux « pour doubte qu'ils ne lui empêchassent son en- « treprise. » Elle va dire à un capitaine du parti du roi, à Baudricourt qui tenait Vaucouleurs :

« Sçachez que Dieu m'a commandé que j'allasse « devers le gentil dauphin qui doibt estre et est « vray roy de France, et qu'il me baillast des gens « d'armes et que je lèverais le siége d'Orléans et le « mènerais sacrer à Reims. » Voilà sa mission, l'ordre auquel elle obéit. Elle parvient à vaincre l'incrédulité du chevalier, comme elle vaincra, chose bien plus difficile, celle du roi et de la cour; car son inspiration est soutenue et fortifiée par un grand sens; elle sait que les gens d'armes doivent bien batailler pour que Dieu leur donne la victoire.

Elle épure la petite armée qu'elle va mener à Orléans; elle la dispose à une marche rapide; elle la rend digne de l'œuvre sainte qui va s'accomplir. Elle veut que les gens de guerre se confessent et se mettent « en état d'estre en la grâce de Dieu. » Déjà la renommée de la sainte fille est venue à Orléans; les assiégés sont dans l'attente de la délivrance. Pour la première fois, les Anglais se sentent inquiets; ils n'osent livrer bataille pour l'empêcher d'entrer dans la ville.

La besogne militaire marche alors avec une étonnante rapidité. Jeanne est arrivée à Orléans le 29 avril. La supériorité revient aussitôt aux Français dans les combats quotidiens, et de nouveaux renforts peuvent se joindre le 3 mai à la garnison. Le 4 mai, de très-grand matin, la Pucelle est sortie pour aller au-devant d'un convoi de vivres qu'on amène aux assiégés; elle est rentrée vers le milieu du jour et repose, quand elle s'éveille soudainement et demande son cheval : « Les gens de la ville ont « affaire devant une bastille, et il y en a de « blessés ! » Une partie de la garnison, aidée de « gens du commun », livrait en effet un assaut à la bastille de Saint-Loup, l'une des plus fortes défenses des Anglais. « Elle monta à cheval et courut « sur le pavé tellement que le feu en saillait. » Dans l'après-midi cette bastille était prise.

Tout se précipite pour l'action décisive. Les chefs militaires veulent modérer l'ardeur de l'armée et de la ville qui leur paraît excessive et téméraire; c'était vouloir l'impossible. Le 7 mai, contre leur opinion, « par l'accord et consentement des bourgeois d'Orléans », se fait l'effort général. C'est une bataille longue et rude contre ces Anglais retranchés d'une manière formidable; elle dure depuis le lever du soleil jusqu'à son coucher; Jeanne est blessée; le bâtard d'Orléans parle lui-même de rentrer en ville. Alors « Jeanne fit son oraison à Dieu, « print son étendart et dit à un gentilhomme qui « estait auprès d'elle : Donnez-vous garde quand « la queue de mon estendart touchera contre le bou- « levert. Lequel lui dit un peu après : Jehanne, la « queue y touche... Tout est vostre et y entrez... « Alors les Français entrèrent de toutes parts... » Ce fut un moment terrible, et la fleur de la noblesse anglaise y périt.

Le lendemain dimanche, les Anglais partaient,

laissant à l'abandon blessés, malades, artillerie et vivres. Mais la Pucelle ne voulut pas qu'on les assaillît de cette journée; à la vue de cette armée en fuite, elle fit dire la messe sur le champ de bataille.

Ce n'était que le commencement de la délivrance du pays. Pour montrer à la France son « vray roy », et prévenir le sacre d'Henri VI par celui du « dauphin », il fallait aller à Reims, entreprise qui semblait impossible, les Anglais étant maîtres partout du pays qu'on avait à traverser. L'ascendant de Jeanne d'Arc l'emporta encore sur les craintes du roi et de la cour. Et quand, devant la ville de Troyes qui n'ouvrait pas ses portes, le Conseil du roi parlait de retraite, c'est grâce à la fermeté de sa foi qu'on attendit l'explosion du sentiment national qui bientôt l'emporta, dans le cœur des bourgeois de la ville, sur la terreur qu'inspirait la garnison anglaise et bourguignonne, et à son tour intimida l'ennemi.

L'expédition ne fut plus qu'un triomphe. Lorsque le roi eut reçu l'onction sainte, la Pucelle se crut sans doute au terme de sa mission; car, s'étant agenouillée devant lui, elle lui dit : « Gentil roy, « or est exécuté le plaisir de Dieu qui voulait que « vinssiez à Reims recevoir votre digne sacre, en « montrant que vous estes vray roy, et celui auquel « le royaume doibt appartenir. » C'était en effet la signification du sacre, la vraie prise de possession du royaume; dans la simplicité de sa foi, elle l'avait bien mieux compris que les politiques qui conseillaient Charles VII.

Depuis ce glorieux moment, elle parut pressentir sa fin. Auparavant elle avait dit : « Il me faut employer, car je ne durerai guère ». Après le sacre, aux environs de Château-Thierry, tout le pauvre peuple du pays accourait, criant Noël! et pleurant de joie. — Il venait au-devant du roi en chantant *Te deum laudamus.* « Voici, dit-elle, un bon peuple « et dévot; et quand je devray mourir, je voudrais « bien que ce fust en ce pays ». Dunois lui demandant si elle savait quand elle mourrait et en quel lieu, elle lui répondit qu'elle ne savait et qu'elle en était à la volonté de Dieu; puis elle ajouta : « J'ai « accomply ce que messire m'a commandé, qui « estait de lever le siège d'Orléans et de faire sacrer « le gentil roy; je voudrais bien qu'il voulut me « faire ramener auprès mes père et mère, et gar- « der leurs brebis et bétail, et faire ce que je sou- « lais faire ».

Voilà la poésie pure et divine, celle qu'aucun art ne peut atteindre. Le chroniqueur l'a bien senti; c'est pour lui l'inspiration de Dieu qui répond au terrible soupçon de l'époque, celui de sorcellerie : « Et quand les dits seigneurs (Dunois et le chance- « lier de France) l'ouyrent ainsi parler . . . . . ils « creurent mieux que jamais que c'estait chose venue « de la part de Dieu plustost qu'autrement. »

Qui donc s'étonnerait du mot de Michelet ? « Que « l'esprit romanesque y touche s'il l'ose ! La poésie « ne le fera jamais ! » Il a raison, et si j'ai cédé à la tentation d'écrire les vers qu'on va lire, je demande au lecteur de me pardonner cette témérité, et de n'y voir que l'expression de mon admiration, de ma reconnaissance, de mon culte pour cette sainte mémoire.

JEANNE D'ARC

DONREMY-ORLÉANS

I.

Ainsi notre pays succombe!
Ainsi nos braves chevaliers
Iront rejoindre dans la tombe
Ceux d'Azincourt et de Poitiers!
Ah! sauvez-les, Dieu des batailles,
Sauvez nos dernières murailles
Et l'honneur de nos étendards!
Seigneur, le fer et la famine
Ont conspiré pour la ruine
Des défenseurs de nos remparts!

Malheureux peuple! Ta prière
En vain s'élance vers les cieux;
Et ton front touche la poussière,
Et des pleurs ont mouillé tes yeux.
De ses mains mourantes, la France,
Serrant encor sa forte lance,
Versait son plus généreux sang;
Déjà la nuit couvre sa face,
Et de sa gloire qui s'efface
S'éteint le rayon pâlissant.

Les nations cherchaient cet astre
D'où leur venait tant de clarté ;
Le ciel veut-il un tel désastre ?
Disait le monde épouvanté.
Quoi ! d'un arrêt irrévocable
Est-ce Dieu même qui t'accable,
O France, ô mère des grandeurs !
D'où vient ton étrange faiblesse ?
N'as-tu plus ta fière noblesse,
Tes fils, tes soldats, tes vengeurs ?

Mes fils, hélas ! ils m'ont trahie ;
Mes fils ont déchiré mon sein !
La blessure de la patrie,
C'est le coup porté par leur main ;
A l'étranger le fruit du crime !
Ah ! que le ciel, m'ouvrant l'abîme,
M'arrache aux Anglais triomphants,
Si mon dernier cri de détresse,
Si l'appel que je leur adresse
N'a pu rassembler mes enfants !

II.

Mais ce cri va dans la chaumière
Susciter un cœur inspiré ;
Elle part, la vierge guerrière,
Déployant l'étendard sacré.
Voyez-vous la blanche bannière
Marcher sous des flots de lumière

Et secouer ses plis mouvants;
Et comme l'aigle fond des nues,
Sur les cohortes éperdues
L'effroi voler avec les vents ?

O d'un vieux père honneur et joie !
Dieu l'ordonnait, tu l'as quitté;
Enfant que la Lorraine envoie,
Tu portes son cœur indompté.
En toi l'amour de notre France
Nourrit l'invincible espérance,
La foi qui survit aux malheurs;
Nos héros tombent, mais il reste
La vierge qu'un ordre céleste
Appelle à venger nos douleurs.

Bords de la Meuse et de la Loire,
Chantez un hymne triomphant !
Racontez la touchante histoire
De la guerrière et de l'enfant;
Comme elle allait sous les grands chênes,
Fuyant l'écho des voix humaines,
Seule, écoutant la France et Dieu,
Prier sous les voûtes antiques
D'où tombaient les mots prophétiques
Qui l'embrasaient du divin feu !

Les champs aimaient sa douce enfance;
L'oiseau du ciel ne la fuit pas.
Sa sublime et sainte innocence
A soumis nos rudes soldats;

Plus de blasphèmes, de pillage !
Patrie, évoquant ton image,
La pauvre fille du hameau,
Vierge à la France consacrée,
Par un rayon transfigurée,
Dissipe l'ombre du tombeau.

O profondeur d'un tel mystère !
L'orgueil des grands est abattu ;
Toute sagesse doit se taire ;
Vienne donc l'humble et sa vertu !
Quel roi, quels braves, noble France,
Soutiendraient ta ruine immense ?
Mais Jeanne est tombée à genoux :
Du cœur, ô merveille ignorée !
A jailli la force inspirée,
Et déjà tout cède à ses coups.

Entends la volonté divine,
Toi que désigne l'Éternel
Et qui, du haut de la colline,
Regardes le toit paternel !
Adieu donc, bois pleins de silence,
Vallée où coulait ton enfance
Comme une eau qui fuit à flots clairs !
Les vents dans leurs lointains murmures
T'apportent le choc des armures ;
Tu vois l'épée et ses éclairs.

Marche ! Le crime est dans le doute ;
Tes voix redisent : Il le faut !

Un doigt sacré montre la route,
Le but illuminé d'en haut.
L'ange des combats, qui s'élève
Et fait étinceler le glaive,
Plane en son vol victorieux;
Et franchissant soudain l'espace
Qu'enflamme son ardente trace,
Se perd dans l'abîme des cieux.

Tu les voyais la nuit dernière,
Quand le village est endormi,
Ces esprits de pure lumière
Par qui ton cœur est affermi.
Hélas! quelle ombre de tristesse
Voilait la divine allégresse
Qui brille sur leurs fronts si doux?
Ah! c'est que Jeanne, enfant rebelle,
Hésite encor quand Dieu l'appelle;
Épargnez lui votre courroux!

Adieu, mes sœurs, et toi, mon père!
Si j'avais choisi mes destins,
Je filerais près de ma mère;
J'irai combattre aux champs lointains.
Mais, ô forêts, vallons, prairies,
Et vous, mes compagnes chéries,
Jeanne doit-elle vous revoir?
O Reims, par delà tes murailles
Le sort qui m'emporte aux batailles
M'est caché par un voile noir!

III.

Arme-toi, guerrière lorraine!
L'épée est commise à ta foi.
Accours! la victoire est prochaine,
Et nos maux finiront par toi.
Le Dieu qui ranima Lazare
De sa pitié n'est plus avare;
Nos pleurs ne sont plus dédaignés.
Du sépulcre il brise la pierre;
La patrie apparaît plus fière
Aux yeux de ses fils indignés.

Son sang dans cette épreuve auguste
N'aura point coulé vainement:
Elle a rougi du sang du Juste,
La croix qui monte au firmament.
Mon Dieu, devant l'amer calice
Ton fils invoqua ta justice,
Et tu parus sourd à ses cris.
Mais la douleur nous purifie;
C'est le combat qui fortifie,
Mon Dieu, tous ceux que tu chéris!

D'où vient l'ardeur, l'attente immense
Qui remplit tous les cœurs français?
Dans nos revers quelle espérance
Luit et grandit par leur excès?

Quel vent précurseur de l'orage
Se lève et fait frémir la plage?
Pourquoi tressaillez-vous, ô flots?
Pourquoi le peuple, mer profonde,
Remuant sourdement son onde,
Fait-il trembler les matelots?

C'est qu'il a senti passer l'ombre
Et le souffle du Tout-Puissant;
Les cieux descendent sur l'eau sombre,
Et la mer monte en mugissant;
C'est qu'il voit aux feux de la nue
La main du Seigneur étendue
Protéger la patrie en deuil;
O foudre, ô tempête sacrée,
Éclatez! La France enivrée
Se sent revivre avec orgueil.

Dieu! quel spectacle plus sublime
Qu'un peuple appuyé sur ta foi,
Portant du profond de l'abîme
Son âme entière jusqu'à toi!
Oui, ta parole est son oracle;
De l'auréole du miracle
Ce front si jeune est couronné;
Et comme l'aube matinale
Brille une étoile virginale
Qui ravit ce peuple étonné.

Le salut viendra d'une femme!...
C'est elle!... Nous sommes sauvés!...

Son coursier fait jaillir la flamme
En bondissant sur nos pavés !...
Aux yeux d'une armée immobile
Elle a passé ferme et tranquille,
D'Orléans merveilleux secours !...
L'acier resplendissait sur elle ;
Aux soldats brûlant de son zèle
Son étendard montrait nos tours !

De ta gloire éclate la preuve
Quand Israël penche au tombeau,
Toi dont la main sur l'eau du fleuve
Conduit l'enfant et son berceau !
Tu dis, et la mer se sépare ;
Tu dis, soudain le roi barbare
Qui pressait son cheval ardent,
Avec son orgueil téméraire,
Ses cavaliers, ses chars de guerre,
Roule dans le gouffre grondant.

Où sont vos cris et vos huées ?
A vous la fuite et les affronts,
Sombres Anglais !... Dans les nuées
Ont apparu nos saints patrons !...
Arrière tout conseil timide !
Peuple et soldats suivront leur guide ;
La vierge entend l'ordre d'en haut.
A sa voix le flot populaire
Grossit, déborde en sa colère :
Aux assiégeants livrons l'assaut !

A l'assaut !... Leurs camps redoutables,
Soldats, ne sont qu'un vain rempart;
Tombez, défenses formidables
Que touche le saint étendard !
Les voilà, dans leurs forteresses,
Livrés à nos mains vengeresses
De tant des nôtres égorgés !
Voilà le monstre de la guerre
Baigné du sang de l'Angleterre !
D'Azincourt nous voilà vengés !

Toi, tu pleuras la rage humaine
Qui souille les plus beaux combats;
Car l'homme a des transports de haine,
Le cœur de l'ange n'en a pas.
Ta noble main qui tient l'épée
Dans le sang ne fut point trempée
Et soulagea plus d'un mourant.
Écoutant ta sainte parole,
Nos ennemis qu'elle console
Te bénissaient en expirant.

IV.

La ville et les champs sont en fête,
Mai rayonne dans un ciel pur;
Après le combat, la tempête,
Luit le triomphe et rit l'azur.
C'est le salut qu'une heure envoie,
Femmes, vieillards pleurant de joie,

Les chants, les hymnes redoublés;
C'est la cité libre d'alarmes
Qui se repose avec ses armes
Sur ses murs à demi croulés!

Les voilà couchés dans la poudre
Ceux qui croyaient prendre Orléans!
Dormez, vous qu'a touchés la foudre,
Dormez du sommeil des vaillants!
Car ces murailles sont fatales,
Et vos fanfares triomphales,
Malheureux, n'y sonneront pas;
O fol orgueil de votre rêve!
La France est devant vous; son glaive
Vous plonge aux ombres du trépas.

Ce n'est pas seulement la France
Dont la force s'est fait sentir;
Mais votre audace était démence,
Dieu s'est levé pour la punir.
Vainqueur de la Seine à la Loire,
Le pied posé sur notre gloire,
Au ciel se dressait un géant.
Soudain le colosse fragile,
Glissant sur sa base d'argile,
Tombe, frappé par un enfant.

Laissons ces bandes en déroute,
Fuyant une invisible main,
De leurs débris marquer la route
Que nos soldats suivront demain.

Mais aujourd'hui plus de carnage ;
Amis, nous devons rendre hommage
Au suprême libérateur.
Venez, pleins de reconnaissance,
Aux bords témoins de sa puissance
Dresser l'autel du Dieu sauveur !

REIMS ET LE SACRE

I.

Quand la cité victorieuse
Eut brisé le cercle de fer
Et pris, saintement furieuse,
Les forts qui l'assiégeaient hier;
Quand l'Anglais, le cœur plein de rage,
Contraint de céder à l'orage,
Vit tomber ses meilleurs soldats,
Et le long de ces bords funestes,
S'éparpiller leurs faibles restes,
Chassés par le vent du trépas;

Aux champs pieux où la victoire
Avait couché ses enfants morts,
La noble ville offrit sa gloire
A Dieu, soutien de ses efforts;
C'est là que l'autel vous rassemble,
Vous tous qui combattiez ensemble,
Guerriers et bourgeois courageux!
Vieillards levant vos mains tremblantes,
Femmes et mères frémissantes,
Conduisant vos enfants joyeux!

Et devant toi, Dieu des armées,
Tout ce peuple se prosternait;

Sortant des luttes enflammées,
L'orgueil du drapeau s'inclinait.
A tes pieds ton humble servante
Baisse une tête obéissante,
Ravie en esprit vers le ciel,
Et goûte un bonheur sans mélange,
La pure allégresse de l'ange
Qui chante l'hymne à l'Éternel.

Trop courts instants de paix divine!
Car Dieu ne couronnera pas
Ton courage, ô sainte héroïne!
Dès l'effort des premiers combats;
Sa force, il est vrai, t'environne,
La mystérieuse colonne
Éclaire encore ton chemin;
Mais le ciel qui voulut t'élire
T'élèvera jusqu'au martyre
Par un triomphe surhumain.

Je ne dois pas durer sur terre;
Pour moi ne sont pas les grandeurs;
Lorsque j'ai pris l'habit de guerre,
Dieu me nommait dans nos malheurs;
Puissé-je employer ma journée!
De sa source une eau détournée
Au bout du sillon va mourir;
Et moi je marche sans relâche,
Et quand j'aurai rempli ma tâche,
Mes jours aussi pourront finir.

C'est Reims, mon roi, qui vous réclame!
Déjà la fidèle cité
Bénit le jour où l'oriflamme
Viendra lui rendre liberté,
Et dans l'heureuse cathédrale
Ramener la pompe royale,
La majesté de vos aïeux.
Comme eux vous aurez la couronne
Des mains de celui qui la donne;
Dieu vous consacrera comme eux.

II.

Le roi marchait; la brave armée
Ne demandait aucun repos;
Et le bruit de sa renommée
La devançait dans nos hameaux.
Elle vient, la bonne Lorraine,
Que la main de Dieu nous amène;
Malgré la fatigue et la faim,
Avec elle accourent nos frères;
Soulageons leurs nobles misères
Et partageons-leur notre pain!

En vain rempart ou forteresse
S'oppose à l'élan des vainqueurs:
Tant la patrie en allégresse
Est puissante à parler aux cœurs!
Ouvrez vos portes à la France!
Sous mon étendard qui s'avance

Tous les miens doivent se ranger;
Devant ma fille de Lorraine,
Entre vous abjurez la haine,
Conservez-la pour l'étranger!

Ah! que nos discordes civiles
Meurent aux pieds de notre roi!
Ouvrons, disent les bonnes villes,
Nos gardiens sont blêmes d'effroi;
Ouvrons nos murs à la patrie!
Entrez, entrez, France chérie
Dont nous attendions le retour!
Revoir votre auguste bannière
Nous est doux comme la lumière
Au captif qui remonte au jour.

Du pli sacré qui vous ombrage
Quel souffle est sur nous descendu?
Qu'il est beau, votre fier visage,
Pâle du sang qu'il a perdu!
Le sublime et touchant cortége!
Le bras des héros vous protége,
Avec eux la vierge des champs.
Et la victoire qui vous guide
Précipite son vol rapide
Du haut des remparts d'Orléans.

Non! dit Talbot, ce faux prestige
Ne nous fera pas toujours fuir.
Nous marcherons sur le prodige,
On le verra s'évanouir.

Je laverai, juste vengeance!
Cette imposture et cette offense
Au sang de ces preux chevaliers.
Il dit, et son armée entière
Disparut comme une poussière
Au galop de nos cavaliers.

III.

Et déjà ton grand jour se lève,
Ville du sacre, où de nos rois
Le saint caractère s'achève,
Quand Dieu même a scellé leurs droits!
Regarde, la plaine étincelle
Aux feux du soleil qui ruisselle
Sur l'acier de nos escadrons;
Sonnant la chanson de la France
Et ta soudaine délivrance,
Entends-tu ces joyeux clairons?

O murs sacrés où, d'âge en âge,
Paraît le royal pèlerin,
Cathédrale, autel, où s'engage
La foi du nouveau souverain!
Vous l'attendiez, autel, saint temple,
Voûtes dont la hauteur contemple
Le flot des générations!
Rois qui, pour votre descendance,
Imploriez justice ou clémence
De l'arbitre des nations!

O grands témoins de notre histoire,
Penchés sur la France au cercueil,
Voyez-la qui vient dans sa gloire,
Sortant de la nuit d'un long deuil !
Ainsi quand les tribus captives
Pleuraient sur de lointaines rives
Jérusalem et son malheur,
Quand les harpes religieuses
Étouffaient leurs voix douloureuses
Au farouche aspect du vainqueur;

Et que Sion désespérée,
Redemandant ses fils en vain,
Errait comme une ombre, égarée
Aux solitudes du Jourdain;
Sur les débris du temple antique,
L'enthousiasme prophétique
Osait promettre l'heureux jour
Où Sion renaîtrait plus belle,
Et rassemblerait sous son aile
Ses fils rendus à son amour.

Telle est la fête de la France;
La France a rassemblé ses fils.
Acclamés par un peuple immense,
Salut aux vengeurs du pays !
Salut aux lions des batailles,
A Dunois, la Hire, Saintrailles,
A leur glorieux dévouement !
Salut à ceux qui des chaumières

Vont aux batailles meurtrières
Pour y mourir obscurément !

Nous saluons votre venue,
Ange descendu parmi nous !
Et foule autour d'elle accourue
A rendu grâces à genoux.
Puis, comme en un sacré silence,
Le cantique divin commence,
Grandit et monte jusqu'aux cieux ;
Et plus d'un front mâle et sévère
Sentit se mouiller sa paupière
Aux doux accents du chant pieux.

Maintenant, disait Jeanne en larmes,
Dieu me renvoie en sa bonté ;
Seigneur, je puis quitter ces armes,
Ayant fait votre volonté.
O le bon peuple, ô le modèle
De tous Français, ville fidèle,
O murs vénérés des chrétiens !
Ah ! que je repose à votre ombre
Si mes jours ont rempli leur nombre,
Si je ne dois revoir les miens !

IV.

Mais à la peine étant première,
Il faut que tu sois à l'honneur ;
A l'autel brille ta bannière
Près du roi qu'elle a fait vainqueur.

Vois-tu ce présent qu'à la terre
Porta, divine messagère,
La colombe de Saint-Remi ?
Ces mains qui bénissent la foule
Et qui tiennent la sainte ampoule
Devant l'enfant de Domremy ?

Ta vision est devenue
La triomphante vérité.
De quel amour ton âme émue
Baigne en l'immortelle clarté !
Par delà ces voûtes qui s'ouvrent
Des splendeurs sans fin se découvrent,
Inondent tes yeux éblouis ;
Oui, c'est la céleste milice
Qui, près du trône de justice,
Veille au trône de Saint-Louis !

Anges et martyrs, quelle attente
Vous saisit comme nos héros ?
Résonnez, fanfare éclatante,
Sous les majestueux arceaux !
Votre roi, Dieu vous le désigne,
Peuple ! Il le marque de son signe.
Reconnaissez l'ordre du ciel !
Que la France et lui se répondent ;
Que patrie et foi se confondent
Sous le regard de l'Éternel !

O roi, votre tête est sacrée !
Car vous voilà l'oint du Seigneur.

Avec vous la France est rentrée
Dans le palais de sa splendeur.
Au nom du ciel, devant la terre,
A vous le sceptre héréditaire
Où l'étranger portait la main!
Que dans le néant se replonge
Ce fantôme qu'un vil mensonge
Proclamait notre souverain!

Ainsi c'est fini de l'outrage
De ces ravisseurs insolents
Qui dévoraient votre héritage
Déchiré par lambeaux sanglants.
Que sert votre lutte obstinée?
Nous disaient-ils; la destinée
Contre vous devait prononcer.
Qu'il aille, votre pauvre prince,
Se faire roi d'une province
Qu'on peut par pitié lui laisser!

Il est tombé leur fier langage!
C'est nous qui cherchons l'ennemi,
Et le royal pèlerinage
Ne trouve plus qu'un peuple ami!
A leur défaite, à leur blessure
Il faut quelque place bien sûre,
Retraite où leur orgueil brutal
Accuse la sorcellerie,
Et de la foi, de la patrie,
Maudit le pouvoir infernal!

V.

Ah! pour qui vint troubler leur joie,
Sire, auriez-vous assez d'honneurs?
Mais elle passe dans sa voie,
Sans voir la gloire et les grandeurs.
Croyant que son œuvre est entière,
Elle regarde la chaumière
Où ceux qu'elle aime sont restés;
De la pompeuse basilique
Elle a revu l'autel rustique,
Les bois et les champs regrettés.

Et Jeanne à vos pieds vient vous dire:
J'allai, forte de son appui,
Où mon Dieu me voulut conduire,
N'ayant d'espérance qu'en lui,
Sire, afin que l'huile sacrée,
Dans une enceinte vénérée,
Sur vous mît le nom du Seigneur;
Qu'ainsi votre grandeur fût sainte,
Et de l'étranger fît la crainte,
De votre peuple le bonheur.

Car vous aurez tout ce royaume,
Et par vous régnera la paix
Dans les châteaux et sous le chaume
Reconnaissants de vos bienfaits.

Mais à Reims ma route se ferme,
Et j'ai cheminé jusqu'au terme
Où devaient s'arrêter mes pas;
Lorsque mon soutien me délaisse,
Aller plus loin dans ma faiblesse,
O mon roi, je ne le puis pas!

Souffrez, mon roi, qu'auprès d'un père
Je recommence mon passé;
Que le bruit, l'éclat de la guerre
Me soient comme un songe effacé!
Ah! par votre royale race,
Vos genoux sacrés que j'embrasse,
Souffrez que j'abrite mes jours
Sous l'humble église qui domine
Le toit d'une pauvre chaumine,
Loin des palais et loin des cours!

Vous me rendrez à ma retraite;
Que je puisse, aux feux du matin,
Redevenir la bergerette
Qui suit les buissons du chemin;
Que l'enfant divin qu'on adore
Me donne de prier encore
Où j'ai tant prié pour mon roi!
Je ne veux d'autre récompense.
Si j'ai servi vous et la France,
Que ce soit le prix de ma foi!

Hélas! Ta prière était vaine;
De Dieu tu te fis le soldat.

Lorsque tu vins de la Lorraine
Pour la France livrer combat.
A ta guerrière destinée
Pour jamais tu fus enchaînée;
Hélas! En te perdant, ton roi
Aurait cru perdre la victoire,
Sublime esclave de ta gloire,
Et nos soldats comptaient sur toi.

Mais sais-tu ce que Dieu demande?
Hélas! tu n'as fait qu'à moitié
Ton sacrifice et ton offrande,
Dans le transport de ta pitié,
Ce jour de sainte obéissance
Où du pays de ton enfance
Ton cœur parvint à s'arracher;
Dans le triomphe et la souffrance,
Par deux fois rachetant la France,
Au martyre il reste à marcher!

Nancy, imp. Berger-Levrault et Cie.

NANCY, IMPRIMERIE BERGER-LEVRAULT ET Cie.

www.ingramcontent.com/pod-product-compliance
Ingram Content Group UK Ltd.
Pitfield, Milton Keynes, MK11 3LW, UK
UKHW012122240726
13965UKWH00005B/1917

9 782013 362238